MELANGES

LITTÉRAIRES

ET

PHILOSOPHIQUES.

MELANGES

LITTÉRAIRES

ET

PHILOSOPHIQUES,

Par M. FERRY.

Se moquer de la Philosophie, c'est vraiment philosopher.
Pascal.

A AVIGNON,

Et se trouve à PARIS chez les Marchands de
Nouveautés.

M. DCC. LXXV.

PRÉFACE.

*L*ES trois petits *Ouvrages qu'on foumet au jugement du Public éclairé, font le fruit du zele d'un Gentilhomme Italien pour les bons principes, & un hommage qu'il rend à des Auteurs eftimables par leurs talens, & par l'ufage qu'ils en ont fait.*

Comme il eft Etranger, & qu'il touche à peine à fa dix-neuvieme année, il a lieu d'efperer qu'on le jugera avec quelque indulgence. Il s'exprimeroit fans doute avec plus de facilité en François, fi fon goût décidé pour la bonne Littérature ne l'avoit engagé à partager fon tems entre l'étude de cette Langue polie & l'étude du Latin, de l'Anglois, & celle de fa propre Langue. Cependant ceux qui favent combien il eft difficile d'écrire en François avec une certaine nobleffe & avec pureté, feront étonnés de l'aifance & de la correction qui regnent dans les Effais de M. FERRI. On voit qu'il a eu de bons Maîtres, qu'il s'eft pénetré de la lecture de nos grands Ecrivains, & qu'il a fréquenté les Sociétés éclairées. Ce qui éton-

A

nera davantage , je ne dis pas dans un Etranger , mais dans un Littérateur de ſon âge , c'eſt la maturité de ſa raiſon , l'étendue des connoiſſances qu'il annonce , ſon attachement aux vrais principes de la Morale & du Goût.

C'eſt ce qui lui a mérité , encore plus que ſes talens , l'eſtime & les encouragemens de pluſieurs perſonnes auſſi recommandables par leurs lumieres & leurs vertus , que par le rang élevé qu'elles occupent dans le monde.

EPITRE

A M. *l'Abbé* SABATIER DE CASTRES.

Sévère Défenseur du bon goût, du bon sens, (1)
Toi, qui fus démasquer les faux Sages du tems,
Et dont l'esprit exempt de faveur & d'envie,
Confondit la sottise & vengea le génie :
Courageux SABATIER, que ne puis-je en ces vers,
Par tes leçons instruit, combattre les travers
D'un Public égaré sur les pas de ses guides !
On le voit, ébloui par des éclairs rapides,
Dégoûté de l'antique, avide du nouveau,
Se montrer insensible aux charmes du vrai beau ;
Et son délire est tel que sans honte il préfere,
Diderot à *Pascal*, *Thomas* à la *Bruyere*. (2)

De la saine Raison les autels renversés,
Par ceux de la Folie ont été remplacés,

A ij

A la Ville, à la Cour, au Parnaſſe, à l'Egliſe,
On voit l'impiété, le vice & la ſottiſe,
Au mépris des Talens, des Vertus & des Dieux,
Lever impunément un front audacieux.
L'eſprit n'a plus de frein, l'honneur n'a plus d'empire,
Et la ſeule Vertu doit craindre la Satyre.

E n dépit des neuf Sœurs, ſous les yeux d'Apollon,
Un déſordre effréné regne au ſacré vallon.
D'*Homere* & de *Virgile* on uſurpe la place;
L'Ecrivain le plus mince y prend celle d'*Horace.*
Au-deſſus de *Térence* on éleve *Saurin*, (3)
Et Sophocle proſcrit eſt remplacé par *Blin.* (4)
Du Parnaſſe François l'ornement & la gloire,
Rouſſeau, ce favori des Filles de mémoire,
Aux yeux de nos *Viſé* n'eſt qu'un Rimeur brillant;
L'art de coudre des mots faiſoit tout ſon talent.
Boileau ne ſentit point cette flamme ſecrete (5)
Qui du froid Proſateur diſtingue le Poëte.
Pour lire les *Saiſons* on quitte le *Lutrin.* (6)
Au Chantre de Mantoue on préfere *Lucain.*
Et l'Auteur de *Didon* que Phébus même inſpire (7)
Sur le ton de *Pindare* envain monte ſa lyre;
De ſa Muſe ſublime on dédaigne les ſons,
Pour vanter de *Robbé* les cyniques Chanſons. (8)

T e l eſt le digne fruit des profondes Critiques
Qu'enfantent chaque mois nos pédans Didactiques.
Ils décident de tout ſans avoir rien appris,
Et dictent des leçons aux plus doctes eſprits.

Les uns, au poids de l'or vendant leur complaifance,
De leur lourd encenfoir honorent l'ignorance.
Les autres de l'honneur n'accordent le brevet
Qu'aux Ouvrages marqués au coin de leur cachet.
Les pefans *Cafthilons* (9), travailleurs de mémoire,
Fondant leurs revenus fur leur double écritoire,
D'éloges faftueux groffiffent leur Journal.
La Harpe en fon bureau s'érige un tribunal,
Prononce des arrêts; & dans fa folle audace
Bannit le grand *Rouffeau* du fommet du Parnaffe.(10)
S'il rend compte au Public des modernes Ecrits,
Sur le nom de l'Autèur il juge de leur prix.
Du Chantre de Ferneix, la Mufe octogénaire
Glapit-elle des vers? *adorez*, *téméraire*:
Ce flambeau du génie & de la vérité
Répand encor, dit-il, *la plus vive clarté.*
Par le zele conduit, fi quelque heureux génie
Nous fait rire aux dépens de la Philofophie;
S'il combat, s'il détruit des dogmes dangereux,
Fut-il un *Boffuet*, c'eft un fot à fes yeux.

Tels font les faux Cenfeurs que le faux goût infpire.
Par eux ce Dieu bifarre établit fon empire.
Le naturel fait place à l'orgueil des grands mots;
Par un ton dogmatique on étourdit les fots.
Aux loix de la raifon les plumes affervies,
Du Public dégoûté ne font plus applaudies.
Il faut être empefé pour trouver des Lecteurs,
Et nos *Séneques* feuls ont des admirateurs.

De longs habits de deuil on affuble *Thalie* ;
A *Melpomene* on donne un mafque de furie ;
Et la noble *Clio* ne nous préfente plus
Que des traits fans vigueur au menfonge vendus.
Jufques dans leurs tranfports nos Mufes compaffées
Croyant intéreffer par de froides penfées,
Differtent longuement, quand il faut émouvoir,
Dans la folle épigramme affichent le favoir,
Et, compofant des vers qui n'en ont que le titre,
Font un Sermon d'une Ode, un Traité d'une Epître,
Traduifent en couplets *Ariftote* & *Platon* ;
En Docteur du *Lycée* habillent Apollon ;
Et, prenant des leçons de la Philofophie,
A penfer, à penfer épuifent leur génie.

Du Parnaffe François fage légiflateur,
Des Loix que tu prefcris févère obfervateur,
Boileau, des attentats d'une tourbe infenfée
Que ne peux-tu venger la raifon offenfée ?
Jettant à pleines mains le fel de tes bons mots
Tu purgeois l'*Hélicon* des pédans & des fots ;
Et malheur à l'Auteur dont la morne étincelle
Suivoit le noir démon qui dicta la *Pucelle*.
Que dirois-tu de voir nos plus graves Cenfeurs
Se montrer des *Perraults* les zelés défenfeurs, (11)
Eriger des effais en autant de merveilles,
Profcrire le vieil or de l'aîné des *Corneilles*,
Vanter de nos *Brebeufs* les Difcours ampoulés,
Et prôner des Auteurs fur *Chapelain* moulés ?

Oh! que ces beaux Efprits que notre fiecle admire
Fourniroient largement des traits à ta fatyre !
Ta main replongeroit au fond de leur bourbier
Tous nos *Cotins* nombreux jaloux de ton laurier.
Tu flétrirois ces vers dont l'affreufe licence
Couvre de fleurs le vice & féduit l'innocence.
Au joug de la raifon ramenant les humains
Tu nous délivrerois de ces efprits hautains
Qui, couverts du manteau de la Philofophie,
Du poifon de l'erreur infectent la Patrie ;
Qui de l'impiété fuivent les étendarts,
Et dont le fouffle impur a corrompu les Arts.

C'est à toi, SABATIER, que fon génie infpire
A foutenir du goût le chancelant empire.
Pourfuis : de la critique exerce tous les droits;
Par tes fages écrits fais revivre fes loix.
Pourfuis : ou nous verrons l'orgueilleufe ignorance
Précipiter des Arts l'entiere décadence;
Par un langage obfcur en impofer aux fots,
Et nous faire marcher fur les traces des *Goths.*
Redouble avec vigueur tes preffantes critiques
Contre ces Efprits forts, contre ces frénétiques
Dont les écrits pervers, les dogmes criminels
Renverfent à la fois le Trône & les Autels :
Et qui foulant aux pieds la vertu , l'innocence,
Pour être tolérés prêchent la tolérance,
S'efforcent de prouver par de vains argumens,
Qu'après la mort pour l'Homme il n'eft point de
        tourmens;

A iv

Que fon ame à fon corps en tout fubordonnée
Devient ce qu'elle étoit avant qu'elle fut née,
Et que le hafard feul par des refforts divers
Après l'avoir formé conferve l'univers.

De ces nouveaux Titans nés d'un monftre exécrable
Fais retomber les traits fur leur tête coupable.
De leurs honteux efforts confond le vain orgueil,
Sous leurs monts entaffés qu'ils trouvent leur cercueil.

Si de vils ennemis, excités par l'envie,
Déchaînent contre toi l'affreufe calomnie ;
Tu dois, pour te venger de leurs efforts jaloux,
Méprifer leur fureur & redoubler tes coups.

NOTES.

(1) Préfenter aux yeux du Public la fcene
variée que les Gens de Lettres de toutes les
Claffes ont renouvellée fucceffivement fur le
théatre de la Litttérature Françoife ; diftinguer & rendre fenfibles le ton, le goût,
l'efprit & le talent caractériftique de chaque
perfonnage ; infpirer avec difcernement &
avec adreffe de l'eftime, de l'admiration, de
l'indulgence, du mépris pour les Acteurs,
felon qu'ils ont bien ou mal joué leur rôle ;
reclamer avec force le refpect pour les regles
du goût trop fouvent violées ; fronder avec
courage des abus accrédités, des réputations
ufurpées, des autorités tiranniques ou fuf-
pectes ; venger le génie des infultes de la
jaloufie ou des méprifes de l'ignorance ; faire
voir la licence cachée fous le voile de la
liberté, & l'irréligion, le libertinage, la dé-
mence, couverts du manteau de la Philofophie ; louer fans baffeffe & fans fadeur, cen-
furer fans amertume, inftruire fans morgue,
plaifanter fans humeur & toujours avec efprit ;
en un mot, fe montrer bon Citoyen, bon
Critique & bon Ecrivain, tel eft le mérite

de l'Auteur des *Trois Siecles* ; tel eſt du moins le jugement qu'en ont porté les Littérateurs déſintéreſſés.

L'accueil diſtingué que ſon Ouvrage a reçu du Public prouve que l'amour des principes du vrai goût & de la ſaine morale ſubſiſte encore parmi les François ; & le déchaînement ſcandaleux qu'il lui a attiré de la part des Gens de Lettres ſemble avoir conſacré ce brillant ſuccès. Si l'Auteur n'avoit pas mis ſon doigt ſur la plaie philoſophique , s'il n'avoit pas porté la lumiere ſur la nudité des Ecrivains de nos jours , ſi les coups avoient porté à faux , s'il écrivoit mal , s'il n'avoit pas le ſens commun , comme certains eſprits mal-adroits qui ont voulu le faire entendre , il eſt évident qu'on n'auroit pas inondé la France de brochures contre lui. Celles qui ſont parties de la main des Philoſophes ſont les plus révoltantes par les perſonnalités , les injures , les calomnies & les impiétés qu'elles offrent preſque à chaque page. C'étoit dans l'ordre. Il convenoit que les Apôtres de la tolérance & de la liberté de la preſſe , ſe montraſſent les plus intolérans ; que les deſtructeurs des préjugés lui fiſſent un crime de l'obſcurité de ſa naiſſance ; que les ennemis de la calomnie l'accuſaſſent d'Athéïſme ; que les Prédicateurs de la bienfaiſance lui re-

prochaffent leurs bienfaits ; que les Précep-
teurs du genre humain l'accablaffent d'infultes , d'outrages , de farcafmes , &c.

(2) . . . . il préfere
. . . . *Thomas* à la *Bruyere.*

Les Ouvrages de M. *Thomas* , dont les
Gens de goût ne peuvent foutenir la lecture ,
font préferés par beaucoup de Jeunes-Gens
aux meilleurs Ecrits du fiecle dernier. Les
Maîtres d'école en font auffi grand cas : tout
ce qui eft gigantefque, fcientifique, bour-
fouflé , inintelligible, doit paroître merveil-
leux aux pédans & aux efprits fans culture.

Le défaut de la plupart des Ecrivains d'aujourd'hui n'eft pas de manquer de connoif-
fances ni d'efprit , mais de n'avoir ni chaleur,
ni fenfibilité. Ils penfent beaucoup , mais ils
paroiffent ne rien fentir. C'eft la tête & non
le cœur qui travaille. Ce défaut eft fur-tout
remarquable dans les productions de M.
Thomas. Pourquoi MM. J. J. *Rouffeau* , de
Buffon & *Linguet* échauffent-ils l'ame de
leur Lecteur , & lui impriment-ils les paf-
fions qu'ils ont intérêt de leur communiquer,
tandis que MM. *Thomas* , d'*Alembert* , *la
Harpe* , &c. le laiffent très-tranquille ? C'eft
que les idées des premiers font des fentimens,
& que les fentimens des autres ne font que des

idées. Lorsque ceux-là sont agités, passionnés, ceux-ci calculent, raisonnent. Les uns obéissent à leur talent ; les autres lui commandent, & c'est le signe le plus certain qu'ils n'en ont pas, qu'ils n'en auront jamais. Car il ne faut pas confondre le *talent* avec l'esprit & les connoissances. Le *talent* ne s'acquiert pas, on le doit à la nature. L'étude le développe & le nourrit ; & il prend le nom de Génie quand il s'exerce avec succès sur des choses grandes ou difficiles. Avec de l'étude, du travail, des conseils & du tems, un esprit ordinaire qui voudra se consacrer entierement aux Lettres pourra égaler & surpasser même les trois Auteurs glacés dont je viens de parler ; mais quand il vivroit & travailleroit pendant un siecle entier, il n'approchera jamais des autres trois Ecrivains.

On s'étonnera peut-être de ce que j'associe M. *Linguet* à M M. J. J. *Rousseau* & de de *Buffon*. Je sais qu'on lui a justement reproché des paradoxes, des contradictions, des inégalités. Mais à travers ces défauts son talent perce comme la lumiere du Soleil à travers les nuages les plus épais. Quand cet Auteur voudra tempérer par la réflexion & le travail, l'extrême vivacité de son imagination, il fera disparoître de ses Ouvrages *ces taches d'autant plus sensibles*, comme l'a dit M. l'Abbé Sabatier, *que les beautés qui les avoifinent font plus frappantes.* Nous ajouterons avec le même Auteur, que M. *Linguet* eft du petit nombre de ces Ecrivains qui ont un caractere à eux, & dont il eft aifé de diftinguer la maniere ; & que la fienne fe montre dans tout ce qu'il a écrit par une richeffe d'imagination, une chaleur & une vivacité d'images, une flexibilité & un coloris de ftyle, qui le féparent avantageufement de la foule de nos Littérateurs, même célèbres.

(3) Au-deffus de *Térence* on éleve *Saurin.*

Le jour que cet Auteur fut reçu au nombre des *Quarante*, l'*Académie* le compara à *Térence*, comme quand on veut faire un compliment à une femme, on la compare à *Vénus*, avec qui elle n'a fouvent rien de commun que le fexe & le penchant à la galanterie. Les Comédies de M. *Saurin* font écrites d'un ftyle dur, fec, gêné, profaïque & n'ont pas même le mérite de l'invention.

Si M. *Saurin* ne nous paroît pas digne d'être comparé à *Térence*, comme ce n'eft ni l'envie, ni la malignité qui nous infpire, nous nous ferons un plaifir de rendre ici hommage à fes vertus fociales. Nous favons qu'il a des mœurs douces, un naturel aimable, une ame bienfaifante, ennemi de l'intrigue, &, ce qui eft plus rare dans un

Poëte , un amour-propre peu fenfible aux
traits de la Critique , & incapable de reffentiment : bien différent de plufieurs de fes
confreres qui auroient facrifié , difoient-ils ,
le quart de leur fortune , fi par ce facrifice
ils avoient pu envoyer à la Grêve. M M.
Freron , Paliffot , Clément & l'*Abbé Sabatier*.

(4) Et *Sophocle* profcrit eft remplacé par *Blin.*

Après s'être long-tems promené dans la
carriere fombre & vaporeufe de l'Héroïde ,
M. *Blin* eft allé faire un tour dans celle de la
Tragédie ; mais le Public a trouvé fa marche
timide, inégale, & peu naturelle. Un célèbre
Journalifte n'a pas laiffé que de prodiguer les
plus grands éloges à *Orphanis* (c'eft le nom
qu'avoit pris M. *Blin* dans cette nouvelle
carriere); le Public n'a point rétracté fon jugement , & les éloges auroient fait du tort
au Journalifte , fi l'on ne favoit que des ac-
cès de goutte l'obligent quelquefois de con-
fier la compofition de fes feuilles à des plumes
moins favantes & moins exercées que la
fienne. Mais en dépit de la goutte & des
autres ennemis de M. *Freron* , l'*Année Litté-*
raire eft encore le meilleur des Ouvrages pé-
riodiques qui fe fabriquent actuellement en
France. On peut mettre fans crainte ce Journal entre les mains des Jeunes-Gens par l'at-

tention qu'on a d'en écarter ce qui peut allarmer la pudeur & ébranler la foi.

Le zele avec lequel M. *Freron* a conf-
tamment défendu les regles du goût, les
principes de la morale & de la Religion,
contre les Ecrits des novateurs : la guerre vi-
goureufe qu'il fait depuis vingt ans à cette
fecte, qui marchant fous les étendarts de
l'incrédulité, flatte pour fubjuguer, fubjugue
pour corrompre, corrompt pour s'aggrandir;
qui, prêchant la tolérance, combat toutes
les Religions avec les armes de l'impofture &
de la calomnie, qui recommandant fans ceffe
la bienfaifance, brife tous les liens de l'humanité, ôte tout efpoir à la vertu malheu-
reufe, & fournit des reffources à la méchanceté & au crime : le courage qu'il a toujours
oppofé aux perfécutions de toute efpece que
cette guerre lui a fufcitées, à la honte des
gens en place qui auroient pu les lui épargner;
enfin, fa vigilance à profcrire & à réfuter tout
ce qui pouvoit porter atteinte à l'autorité, à
la pûreté des mœurs, à la gloire de la Nation, à l'honneur des hommes de génie qui
l'ont véritablement illuftrée, font autant de
titres qu'il a acquis fur l'eftime des fages Littérateurs, fur la reconnoiffance des bons Citoyens, & fur les récompenfes du Gouver-
nement.

(5) *Boileau* ne fentit point cette flamme fecrette
Qui du froid Profateur diftingue le Poëte.

Ecoutez M M. *Diderot*, d'*Alembert*, *Marmontel*, *la Harpe*, *de Condorcet*, &c. Ils vous foutiendront que *Defpréaux* n'eft qu'un *Verfificateur*. Le dernier ajoutera que la Satyre eft un *métier*, & un *métier facile & méprifable*. J'en demande bien fincerement pardon à ces Meffieurs, mais ce n'eft pas fe connoître en Poëfie, que de borner le mérite de *Boileau* à la *verfification*. Pour moi, duffai-je m'expofer à leurs anathêmes, je penfe que, quand il n'auroit fait ni l'*Art Poëtique*, ni le *Lutrin*, il lui refteroit encore affez de titres pour être regardé comme un véritable Poëte, ou l'on feroit en droit alors de refufer cette qualité à *Horace*, à *Juvenal* & à *Regnier*, à qui perfonne jufqu'à préfent ne l'a difputée. *Racine*, *Moliere*, *Fénelon*, *Pope*, *J. B. Rouffeau*, qui certainement fe connoiffoient en Poëfie un peu mieux que nos Philofophes, ont regardé *Boileau* comme un très-grand Poëte, & l'Auteur de la *Henriade* a penfé comme eux jufqu'à l'âge de foixante ans.

Ceux qui prétendent que la Satyre eft un *métier facile* & *méprifable* ne s'apperçoivent pas fans doute qu'ils font le procès à M. de *Voltaire* :

Voltaire; car ce Poëte a compofé un plus grand nombre de Satyres que *Defpréaux*, & il s'en faut de beaucoup que les Epîtres fatyriques du Philofophe foient auffi pleines, auffi fages, auffi élégantes, auffi inftructives, auffi vigoureufes, auffi poëtiques, auffi variées, auffi décentes que celles de l'*Horace* du fiecle de *Louis XIV*. Ce qui prouve que la Satyre n'eft pas un *métier facile*, c'eft le petit nombre de Poëtes qui fe font diftingués dans ce genre. Enfin, il n'y a guère que ceux qui ont intérêt à la décrier qui puiffent l'appeller un métier méprifable.

Ils tremblent qu'un Cenfeur que fa verve encourage,
Ne vienne en fes écrits démafquer leur vifage,
Et fouillant dans leurs mœurs en toute liberté,
N'aille du fonds du puits tirer la vérité.
Tous ces gens éperdus au feul nom de Satyre,
Font d'abord le Procès à quiconque ofe rire.
Ce font eux que l'on voit d'un difcours infenfé,
Publier dans Paris que tout eft renverfé.....
Mais bien que d'un faux zele ils mafquent leur foibleffe,
Chacun voit qu'en effet la vérité les bleffe.
Envain d'un lâche orgueil leur efprit revêtu
Se couvre du manteau d'une auftere vertu :
Leur cœur qui fe connoît, & qui fuit la lumiere,
S'il fe moque de Dieu, craint *Tartuffe* & *Moliere*.

BOILEAU.

B

(6) Pour lire les *Saiſons* on quitte le *Lutrin.*

Il eſt aiſé de comprendre que ce n'eſt pas du Poëme des *Quatre Saiſons* de l'illuſtre C. de B *** qu'il s'agit ici ; mais du Poëme des *Saiſons* de M. le Marquis de *S. Lambert.* Quelle différence entre ces deux Ouvrages ! On voit dans le premier l'empreinte d'un génie également favoriſé des Muſes & des Grâces. Les divers tableaux qu'il préſente aux yeux des Amateurs annoncent un Peintre habile, original dont le pinceau toujours facile ne ſaiſit que les objets vraiment pittoreſques, & dont l'imagination vive & brillante anime & embellit la nature ſans la défigurer.

L'autre n'annonce qu'un eſprit obſervateur ; c'eſt l'Ouvrage d'un Peintre qui, à la vérité, paroît avoir reçu de bons principes & avoir étudié les chefs-d'œuvre des grands Maîtres, mais à qui la nature a refuſé ces heureuſes diſpoſitions qui ne demandent qu'à être cultivées pour devenir talent & génie, & ſans leſquelles un Artiſte, malgré les efforts du travail ne peut jamais s'élever au-deſſus de la médiocrité. Auſſi a-t-on juſtement reproché à M. de *S. Lambert* de manquer de chaleur & d'élévation, d'être compaſſé & raiſonneur où il ne falloit que peindre

& fentir ; d'être monotone dans les fujets &
dans les couleurs ; d'avoir affoibli ce qu'il
a emprunté de *Lucrece*, de *Virgile*, de
Thompfon, &c. Si après cela on eft étonné
de voir M. de *Voltaire* appeller M. de *S.
Lambert* :

L'harmonieux Emule

Du Pafteur de *Mantoue* & du tendre *Tibulle*.

On doit fe rappeller que celui-ci avoit ap-
pellé M. de *Voltaire*,

Vainqueur des deux Rivaux qui regnent fur la Scene,

& avoit mis fes Tragédies bien au-deffus de
celles de *Corneille* & de *Racine*. Ce compliment en méritoit un autre ; car il eft bon
d'apprendre à ceux qui l'ignorent que les
Ecrivains Philofophiftes font convenus de ne
jamais fe critiquer les uns les autres , mais
de fe louer outre mefure quand l'occafion
s'en préfentera. Si *Racine* & *Moliere* ne ren-
dirent pas à Boileau les Eloges qu'ils en
avoient reçus, c'eft que leurs Ouvrages jufti-
fioient ces éloges, & que *Boileau* n'avoit au-
cunement befoin des leurs pour fe faire lire
& eftimer de fes contemporains. Ce com-
merce de louanges fi fort en ufage parmi les
Auteurs de nos jours peut étayer pendant quelque tems des réputations chancelantes; mais
la moindre fecouffe fuffit pour les renverfer.

B ij

(7) Et l'Auteur de Didon . . . . .

Comme le fiecle eft porté vers les chofes frivoles, & qu'on ne recherche que les Ouvrages capables d'entretenir ce goût de frivolité, je ne fuis pas étonné que les *Poëfies facrées* aient aujourd'hui peu de Lecteurs ; mais ce qui m'étonne & m'indigne, c'eft le déchaînement des Philofophes contre cet Homme de Lettres auffi eftimable par fes lumieres & fes talens que refpectable par fes vertus & par fon rang.

Qu'a-t-il donc fait pour s'attirer cette longue pluie de farcafmes & d'infultes ? Ce qu'il a fait ! Il a eu l'audace de refpecter la Religion dans tous fes écrits, & de s'élever dans un Difcours contre les Auteurs qui l'attaquent & la déchirent, voilà fon crime, il eft énorme, il faut en convenir ; mais étoit-ce à ceux qui prétendent ne l'avoir jamais attaquée à l'en punir ? Les Philofophes font finguliers : ils fe défendent de toute imputation d'incrédulité, & ils invectivent de toutes leurs forces ceux qui attaquent les incrédules.

(8) Pour vanter de *Robbé* les cyniques Chanfons.

Ce Poëte n'a réuffi que dans les Poëmes obfcenes où il s'eft montré vraiment fupérieur & original. On affure qu'il s'eft converti, &

que depuis plufieurs années il ne cesse de gémir sur l'abus qu'il a fait autrefois de ses talens. Je suis persuadé que si l'Auteur des *Trois Siecles* eut été instruit du repentir & de la pénitence de M. *Robbé*, il auroit traité ce Poëte avec plus de ménagement.

(9) Les pesans Casthillons . . . . .

Ce sont deux freres laborieux qui, après avoir long-tems coopéré à la composition du *Journal Encyclopédique*, se sont chargés entierement de celle du *Journal des Beaux-Arts*, connu autrefois sous le nom de Trévoux. Ce Journal depuis long-tems ne fait que languir ; mais il n'a jamais été aussi malade qu'il l'est aujourd'hui. Ce n'est point par des analyses infidelles, par des observations communes, par des remarques niaises, par des éloges fades & peu mérités, par des critiques grossieres & dépourvues d'instruction, par un style aussi lourd que barbare, que MM. Casthillons auroient pu le ranimer. Il lui faut d'autres remedes, & par conséquent d'autres Médecins, sans quoi, bien loin de reprendre de la vigueur, il est à craindre qu'il n'expire bientôt entre les mains meurtrieres à qui il est confié.

(10) Bannit le grand *Rousseau* du sommet du Parnasse.

M. de *la Harpe* trouve l'*Ode à la Fortune*

déteſtable , & prétend que le plus grand
mérite de *Rouſſeau* conſiſte dans l'harmonie
& la richeſſe des rimes. Quand on juge ainſi
on eſt bien digne de s'extaſier , comme il le
fait , ſur les productions des *Thomas* , des
Marmontel , des *Gaillard* , &c. comme M.
de *la Harpe* a l'honneur d'être le protégé
des Philoſophes , & que cette protection doit
le conduire bientôt à l'Académie , nous pren-
drons la liberté de lui donner ici un avis qui
pourra lui être utile ; c'eſt de ne plus em-
ployer dans les articles du Mercure auxquels
il met ſon nom , certaines expreſſions qui
donneroient fort mauvaiſe opinion de ſon
ame , ſi on ne ſavoit d'ailleurs qu'il l'a grande
& fiere. Un homme de Lettres deſtiné à rem-
plir le fauteuil académique ne doit point parler
en eſclave & avoir ſans ceſſe à la bouche ces
mots , *un Seigneur* , *un Grand* , *un Homme de
condition* , *un Homme de qualité* , *un Homme de
naiſſance* , *a bien voulu* , *a daigné* , *a honoré* ,
eſt deſcendu de ſon rang , &c. ſur-tout quand
il ne s'agit que de Littérature & de Littérateurs. Il n'eſt perſonne , par exemple , qui ,
en liſant le compte qu'il rend dans le Mercure de la ſéance publique de l'Académie du
16 Février , n'ait été ſcandaliſé du compliment qu'il a cru faire à l'Auteur de *la Félicité
publique* en diſant de lui qu'on doit lui ſavoir

gré de ce qu'après avoir réuffi dans des Ouvrages d'agrément, il a bien voulu être utile.

Quand M. le Chevalier de *Chatlux* feroit un Prince du Sang royal, ce langage feroit bas, impropre & déplacé, parce que l'utilité eft un devoir pour tout le monde, & encore plus pour les Princes & les Souverains.

(11) Se montrer des *Perraults* les zelés défenfeurs.

Voyez les Eloges que font de *Charles Perrault* M. *Diderot* & M. le Marquis *de Condorcet*, l'un dans l'article *Encyclopédie* du Dictionnaire qui porte ce nom ; l'autre dans l'Eloge de *Claude Perrault* ; l'Auteur de la Colonade du Louvre, qui n'eft qu'une copie de celle du Palais de *Zénobie*, femme d'*Odenat*, Roi des *Palmiriens*. Perrault a pris ce beau morceau d'Architecture fur les deffeins d'un Voyageur, mais il l'a gâté par fa bafe, fa porte & fon fronton ridicules. Voyez les opufcules de M. *Feutry*.

A l'*Auteur de la* Lettre d'un Théologien *adreffée à M.* l'*Abbé* Sabatier de Caftres.

J'ai lu, Monfieur, votre Lettre Théologique. C'eft une Satyre peu chrétienne de beaucoup de gens de mérite que vous déchirez, parce qu'ils ont été loués par l'Auteur des *Trois Siecles*. Le Public les vengera de vos injuftices. L'article de M. le Marquis de *Pompignan* m'a furpris. Je ne fuis pas le feul fur qui la lecture de cet étrange morceau ait produit le même effet. Vous infultez de gaieté de cœur & fans raifon un homme refpectable qui honore fon fiécle par fes qualités perfonnelles & par fes talens. Je n'ai point de liaifon particuliere avec lui, mais je crois être affez bien inftruit de ce qui le regarde. Vous vous êtes permis de l'attaquer, permettez-moi de le défendre : ce fera fans récrimination contre vous. Je le louerai, parce qu'il le mérite, & les louanges que je lui donnerai n'offenferont perfonne,

On m'a affuré que M. l'Abbé *Sabatier* ne laifferoit point votre Lettre fans réponfe. Il doit vous favoir un gré infini des armes multipliées que vous lui fourniffez contre les Philofophes, dont vous prenez fi vivement la défenfe en feignant d'être leur ennemi. Il eft étonnant qu'un homme qui fe donne pour Théologien attaque la Religion avec autant d'acharnement que vous le faites. Je ne doute pas que l'Auteur des *Trois Siecles* ne la venge de vos outrages & de vos calomnies. Je fuis également perfuadé qu'il fe fera un devoir de relever vos injuftices à l'égard de plufieurs Ecrivains que vous maltraités avec une indécence qui révolte la raifon & l'honnêteté. Comme M. de *Pompignan* eft un de ceux contre lefquels vous vous déchaînez avec le plus de complaifance, & qu'une lecture répetée de fes Ouvrages m'a mis plus en état qu'un autre de fentir toute l'injuftice du jugement que vous en portez, j'ai cru devoir me charger de la défenfe particuliere de ce grand Ecrivain. Je le fais d'autant plus volontiers que je fuis d'ailleurs très-perfuadé que l'Ouvrage dans lequel M. l'Abbé *Sabatier* fe propofe de vous répondre ne lui permettra pas les détails où je vais entrer, & que je crois néceffaires.

Vous cenfurez M. de Pompignan dans fes

Ecrits, & vous tâchez de plaifanter fur fa perfonne. Je dois féparer ces deux objets. Commençons par l'Ecrivain.

Vous traitez d'abord affez mal la Tragédie de *Didon*. C'eft s'y prendre bien tard pour déprimer une Piece qui, depuis quarante ans, eft confacrée au Théâtre par des applaudiffemens toujours foutenus, & qui, dans fes reprifes, a eu fouvent des fuccès de nouveauté. Vous la mettez au-deffous d'*Ariane*, & en reconnoiffant qu'elle n'eft pas dépourvue d'intérêt, vous ajoutez qu'on y chercheroit en vain de *beaux vers*. Qui que vous foyez, Monfieur, vous ne le penfez pas. M. *de Voltaire*, votre héros, qui a fi peu ménagé M. de Pompignan dans fes Ouvrages publics, & qui l'a tant loué dans fes Lettres particulieres, rendoit plus de juftice autrefois au mérite de cette Tragédie. Ses amis lui en ont entendu réciter des vers avec complaifance, entr'autres ceux-ci qui font en effet fort beaux :

Vains & lâches tranfports dont la vertu murmure,
Qu'enfante la moleffe & que fait le parjure . . .

Si vous étiez moins prévenu, Monfieur, ou plus connoiffeur en verfification, car il feroit fort fimple qu'un Théologien ne s'y connut pas, vous avoueriez que la Tragédie de *Didon* renferme un grand nombre de vers remplis de force ou de sentiment ; vous trouveriez que ces deux-ci,

Et tu n'as rien d'humain que l'art trop dangéreux
De séduire une femme & de trahir ses feux.

enchériffent peut-être sur tout ce que *Virgile* a mis de plus énergique & de plus éloquent dans la bouche de *Didon* ; vous compareriez aux meilleurs vers de *Racine* ce vers admirable & toujours applaudi :

Je devrois te haïr, ingrat, & je t'adore.

Vous reconnoîtriez la vigueur & la précifion de Corneille dans celui-ci :

Tremble, ingrat, je mourrai, mais ma haine vivra.

Je ne puis m'empêcher de remettre ici fous vos yeux une tirade prefqu'entiere d'A-chate à *Énée.*

Oubliez-vous, Seigneur, leurs ordres abfolus,
Et des mânes d'*Hector* ne vous fouvient-il plus?
C'eft par vous que j'ai fçu qu'en cette nuit terrible,
Qui vit de nos remparts l'embrâfement horrible
Vous trouvâtes fon ombre aux pieds de nos Autels
Fuyez, vous cria-t-il, Enfant des Immortels,
Réveillez les débris de ma trifte Patrie,
Et les Dieux protecteurs qu'*Ilion* vous confie.

Vesta, le feu sacré font remis dans vos mains;
Comme un gage éternel du respect des humains;
Qu'ils suivent sur les mers la fortune d'*Enée*.
Cherchez l'heureufe terre aux Troyens destinée;
Partez, d'un nouveau trône augufte fondateur.
Ainfi parloit *Hector*, ainfi parloit l'Honneur.
L'Honneur, Hector, le Ciel, rien n'ébranle votre ame.
Aimez donc, devenez l'efclave d'une femme.
Mais il vous refte un fils, ce fils n'eft plus à vous;
Il appartient aux Dieux de fa grandeur jaloux.
Par ma bouche aujourd'hui nos Peuples le demandent,
Promis à l'Univers, les Nations l'attendent,
Vous le fçavez, Seigneur, vous qui dans les combats
De ce fils jeune encore deviez guider les pas.
Ses neveux fonderont une cité guerriere
Qui changera le fort de la nature entiere,
Qui lancera la foudre ou donnera des Loix,
Et dont les Citoyens commanderont aux Rois.
Déjà dans fes décrets le Maître du tonnerre
Livie à ce Peuple Roi l'empire de la terre.
Laiffez à votre fils commencer un deftin
Dont les fiecles futurs ne verront point la fin,
Et n'avilissez plus dans une paix profonde
Le fang qui doit former les conquérans du monde.

Je ne vous demanderai pas, Monfieur,
fi ce font-là de beaux Vers : on riroit de
ma queftion. Vous n'en trouverez nulle part
de plus éloquens ni de plus pompeux.

Si votre état vous permettoit de fréquenter le théâtre, vous feriez fûrement ému, comme tous les fpectateurs, quand on y repréfente *Didon*, des quatre vers fi harmonieux & fi attendriffans qui terminent cette Piéce :

Et toi, dont j'ai troublé la haute deftinée.
Toi, qui ne m'entends plus, adieu mon cher *Enée*.
Ne crains point ma colere, elle expire avec moi,
Et mon dernier foupir eft encore pour toi.

Vous faites, Monfieur, deux autres Critiques bien injuftes, & que je ne puis vous paffer, quoiqu'elles ne portent pas fur des parties effentielles à la Piece. On vient avertir *Didon* que l'armée d'*Yarbe* approche de *Carthage* ; *Enée* dans l'inftant veut marcher à l'ennemi. Vous n'aimez pas que la Reine s'écrie alors, *quoi! vous-même! ah! Seigneur* .... Confidérez, je vous prie, que c'eft une exclamation indélibérée, un premier mouvement de femme très-naturel. *Didon* n'y perfifte pas ; *Enée* la quitte & va combattre les *Affricains*.

La feconde Critique tombe fur un des vers qui précedent les quatre derniers. D'abord vous l'avez changé en les citant de mémoire. On ne conçoit pas d'ailleurs ce que vous voulez dire dans cet endroit ; il falloit vous expliquer ; car enfin , Monfieur , vos obfervations ne font pas des preuves. Pour moi , je juftifierai plus clairement l'Auteur. Vous me permettrez pour cela de tranfcrire les vers que prononce *Didon* après s'être poignardée.

Que n'ai-je pu, grands Dieux ! Maîtreffe de mon fort
Garder jufqu'au tombeau cette paix innocente
Qui fait les vrais plaifirs d'une ame indifférente !
J'en ai goutté long-tems les tranquilles douceurs...
Mais je fens du trépas les dernieres langueurs.
Et toi , &c.

Didon, dans ce dernier & fatal moment, voit d'un coup d'œil toute l'étendue du malheur qui l'accable & du bonheur qu'elle a perdu. Elle meurt victime de fon amour pour un Prince fugitif, elle, qui peu de tems auparavant couloit fur le trône , fans engagement & fans paffion , des jours libres & tranquilles. Quel contrafte ! Elle le peint en peu de mots dans des vers tendres & touchans, & c'eft ce qui rend fa mort encore plus intérreffante.

Le dénouement de cette Piece paroît emprunté de celui d'un Opéra de *Metaftafe*, fur le même fujet. Vous le reprochez à l'Auteur, d'après M. de *Voltaire*, comme

un Plagiat. Ce reproche eſt injuſte. Tranſ-
porter une idée, un plan même, d'une langue dans une autre, en y joignant du ſien,
n'eſt pas ce qu'on appelle un acte de Pla-
giaire. Les meilleures Scenes de *la Mort de
Céſar*, ſont imitées de *Shakeſpear*; le dénouement d'*Othello*, a fourni celui de *Zaïre*;
la *Mérope* Françoiſe doit ſon exiſtence à la
Mérope Italienne. La reconnoiſſance exige,
il eſt vrai, qu'on faſſe hommage de l'imita-
tion aux Auteurs qu'on a imités. M. de
Pompignan ne l'a point fait ; mais ſavez-
vous pourquoi ? C'eſt qu'il étoit imitateur
ſans le ſavoir. Il n'avoit que vingt-trois ans
quand il compoſa la tragédie de *Didon* dans
une Province très-éloignée de Paris : il n'a-
voit encore aucune connoiſſance de la langue
& de la littérature italienne; il ignoroit juſqu'au nom de *Meſtataſio*. Voilà ce que je
ſais de pluſieurs perſonnes qui ont vécu avec
M. de *Pompignan*. Ce n'eſt pas au reſte la
premiere fois que deux Ecrivains, dans des
langues différentes ou dans la même langue,
auroient eu, ſans ſe copier l'un l'autre, les
mêmes idées, formé le même plan, employé
les mêmes expreſſions.

Vous ne traitez pas mieux les *Poëſies ſa-
crées* de M. de *Pompignan*, que ſa Tragédie de *Didon*. Je ſais que le goût du ſiecle

n'eft nullement tourné vers ce genre-là. Je
fais qu'il y eût une conjuration philofophi-
que en 1762 , pour contrarier le débit de
la magnifique édition in-4°. de ces *Poëfies*.
Je fais que M. de *Voltaire* , qui eft trop
connoiffeur pour ne pas les admirer en fecret,
fit contre elles ce que vous appellez un
quolibet. Oui , Monfieur, je fais tout cela ;
mais vous devez favoir auffi que ces mêmes
Poëfies avoient eu deux ans auparavant un
grand fuccès dans leur nouveauté ; qu'il s'en
étoit fait deux éditions confécutives à Paris ,
fans compter les contrefactions de Province ;
que le Journal des Savans, pour ne parler que
de celui-là , en rendant compte de l'ouvrage
intitulé *Examen des Poëfies facrées de M.*
L. F. termine fon extrait par ces paroles
fermes & décifives qui convenoient fi bien
au caractere grave & au goût épuré des
Auteurs qui compofoient alors ce Journal :
Nous faifons gloire de penfer avec lui (l'Auteur de l'Examen) *que la poftérité regardera*
ces fublimes Poëfies comme un des plus beaux
monumens de la Littérature Françoife. Vous
devez favoir de plus, que le jugement de
ces Journaliftes fe confirme tous les jours ;
que ces Poëfies ne font dépréciées que par
ceux qui ne les ont pas lues ; que tous ceux
qui les lifent en deviennent les admirateurs ;

&

& que fi l'Auteur avoit autant de confiance & de vanité qu'Horace, il pourroit dire comme lui:

Exegi monumentum ære perennius.

Mais puifque vous citez des quolibets, je vous citerai des anecdotes. Il y a quelques années qu'un Miniftre étranger, qui ne feroit pas fufpeét aux Philofophes, fi on le nommoit, entra dans une maifon où on lifoit les *Difcours Philofophiques* qui font à la fuite des *Poëfies facrées.* Après en avoir entendus deux ou trois, il s'écria : qu'*il y avoit dans ces difcours plus de vers brillans & fententieux qu'il n'en faudroit pour faire réuffir vingt Tragédies.*

Long - tems après que l'édition *in - 12* de ces Difcours eût paru, un de mes compatriotes, homme de Lettres, les trouva fur ma cheminée. Il ne les avoit jamais lus; &, comme on n'a pas mis le nom de l'Auteur à cette petite édition, il me demanda fi c'étoit là un nouveau fruit de la Mufe féconde du Seigneur de *Ferney.* Je le lui laiffai croire, pour lui faire naître l'envie d'en lire quelques morceaux ; car je favois qu'il faifoit peu de cas de ce qui ne fortoit point de la plume de M. de *Voltaire.* Il lut le *Difcours fur la calomnie,* & s'interrompoit de tems en tems pour me dire : *Ces vers-là font beaux, bien frappés ; mais je n'y reconnois point l'Auteur de la Pucelle.* Sa furprife & fes foupçons alloient en augmentant. Quand il en fut au morceau que je vais vous citer ; *oh ! pour le coup*, s'écriat-il, *je fuis convaincu que ces Difcours ne font point de Voltaire, car voici des vers contre lui ;* puis il répéta à haute voix cette tirade :

O mortel forcené, fans pudeur & fans foi ;
Mortel qui ne connoît ni joug , ni frein , ni
  loi !
De quel nom prétend-t-il que l'Univers le nom-
  me ?
Eft-ce un démon d'enfer ? Eft-ce un tigre ? Eft-ce
  un homme ?
Ses yeux font égarés, fes pas font incertains,
La rage eft dans fon cœur, le poignard dans fes
  mains ;
Son efprit ne conçoit que de folles penfées ;
Et fa bouche vomit leurs fureurs infenfées.
D'autres monftres formés du venin qu'il répand,
Suivent dans le marais cet orgueilleux ferpent,
Sifflent quand il l'ordonne, & de leur fange im-
  pure,
Exalent avec lui des torrens d'impofture.

Avouez, Monfieur, que ce partifan de M. de *Voltaire* ne lui faifoit pas honneur, en foupçonnant M. de *Pompignan* de l'avoir eu en vue dans ce Difcours, tiré de différens Chapitres des Proverbes de *Salomon*, & où il n'eft queftion que des *calomniateurs* en général. Il fut frappé de la beauté & de l'énergie de ces vers, & ne quitta le livre que pour aller en achetter un exemplaire. Depuis ce jour, fon goût pour les Poëfies de M. de *Voltaire* n'eft plus excluſif. La lecture de ces *Difcours* vraiment philofophiques, lui a fait tant de plaifir, qu'il a voulu avoir auffi les *Poëfies facrées*, dont il a été enchanté.

Je pourrois vous citer, Monfieur, d'autres anecdotes bien propres à prouver l'injuftice des détracteurs de M. de *Pompignan*, mais je reviens à votre Lettre.

Vous rappellez, avec un ton d'ironie, la traduction de la *Priere univerſelle*, que vous traitez de *morceau curieux*: l'Auteur vous l'abandonne de tout fon cœur, ce *morceau curieux*, à caufe de l'impiété du texte ; mais moi je n'en abandonne pas la verfification. Elle eft élégante, noble & concife. Quel connoiffeur n'applaudira pas à l'harmonie majeftueufe de ce quatrin ?

O toi que la raison, que l'inftinct même adore,
 Souverain Maître & Créateur
 De tout l'Univers qui t'implore,
 Jehova, Jupiter, Seigneur !

Le premier de ces quatre vers eft fubli-
me, & bien fupérieur à celui de *Pope*.

 Father of All ! in ev'ry Age,
  In ev'ry Clime ador'd,
 By Saint, by Savage, and by Sage ;
  Jehovah, Jove, or Lord !

Le dernier vers François renferme, comme
vous voyez, littéralement en trois mots, les
trois mots de l'original. C'eft le Déifme tout
pur.

Il y a, Monfieur, dans ce même article
un fait que vous n'auriez pas dû hafarder.
Vous avancez que M. de *Pompignan* eft
l'Auteur d'une relation imprimée de la céré-
monie qui fe fit pour la bénédiction de l'E-
glife Paroiffiale de fa Terre. Quoiqu'il ne
s'agiffe pas ici de chofe grave, c'eft cependant une fauffeté. Il n'y a qu'un pas de la
fauffeté à la calomnie.

Vous le franchiffez ce pas, quand vous

affuré que cet Ecrivain à attaqué M. de
Voltaire. Où fe trouve cette premiere attaque ? Dans un Difcours prononcé à l'Académie Françoife. En quel endroit de ce Difcours ? Dans l'endroit où il eft parlé de vers
licentieux, d'anecdotes hiftoriques dénuées de
preuves. Dites-vous cela férieufement? Quoi!
défigner des Poëfies fcandaleufes & des Hif-
toires remplies de menfonges, c'eft attaquer
nommément M. de *Voltaire* ! Quelle confé-
quence ! Elle n'eft ni d'un Théologien, ni
d'un Philofophe.

C'eft de là, je l'avoue, & toute la Terre
en doit rougir pour lui; c'eft de là qu'il eft
parti pour inonder l'Europe d'écrits fatyriques contre un prétendu agreffeur, dont il
n'avoit, dit-on, reçu jufqu'alors que des
marques d'eftime. Qu'eût-il fait de plus contre un homme qui l'auroit attaqué par des
Ouvrages directs & perfonnels ? On le blâ-
mera, même dans ce cas, de porter fi loin
le reffentiment. Mais de faire tout ce bruit,
de multiplier les invectives, les farcafmes,
les calomnies, fur-tout les calomnies, pour
fe venger de l'application arbitraire de quelques traits vagues & généraux, c'eft donner à la fociété humaine un fpectacle d'em-
portement & de méchanceté qui n'avoit
point eu d'exemple jufqu'à nous.

L'aveuglement des défenfeurs de M. de *Voltaire* dans fa conduite à l'égard de M. de *Pompignan*, eft d'autant plus inconcevable, que c'eft ici purement une queftion de fait & non pas d'opinion. Pour voir clair dans cette affaire, il ne faut qu'avoir des yeux & ne les pas fermer.

Je ne dirai point pour prouver une chofe fi évidente, que M. de *Pompignan* pouvoit déférer aux vengeurs publics les libelles injurieux, les fatyres outrageantes que M. de *Voltaire* a publiées contre lui pendant plufieurs années, fortes d'écrits dont les Auteurs, fuivant les loix de tous les pays policés, doivent être punis de châtimens exemplaires. Il le pouvoit, fans doute, & s'il ne l'a pas fait, c'eft par des principes de grandeur d'ame & de modération, qui le rendent encore plus eftimable. Mais je fuppofe qu'on voulut faire décider à un Tribunal quelconque, lequel de M. de *Voltaire* ou de M. de *Pompignan* a été l'agreffeur, & qu'on préfentât à ce Tribunal, d'un côté le gros volume, qu'il feroit aifé de former de toutes les Pieces fans nombre, en profe & en vers, de M. de *Voltaire* contre M. de *Pompignan*; de l'autre, les cinq ou fix lignes du Difcours de ce dernier, qui ont donné lieu à ce déchaînement fi long & fi atroce;

quelle penfez-vous, Monfieur, que feroit la décifion ? N'écoutez plus vos préjugés & répondez en confcience.

Au refte, Monfieur, il m'a paru que vous mêliez dans vos anathêmes littéraires des traits facétieux, ou qu'au moins vous croyez tels. Vous jouez volontiers fur les noms propres & fur les noms de Baptême : ce genre de plaifanterie, fi familier au Philofophe des Alpes, n'a jamais été fort ingénieux ; il devient infipide & froid, fur-tout quand il eft affecté. L'emploi que vous en faites en fert d'exemple. M. de *Pompignan*, dites-vous, ne s'appelle pas *Simon le Franc*, mais *Jean-Jacques le Franc*. Et qui vous a jamais dit qu'il s'appelloit *Simon* ? Perfonne affurément. Où l'avez-vous lu ? Nulle part, j'ofe vous le foutenir. Vous avez donc fait vous-même la demande & la réponfe ? En vérité, Monfieur, il n'y a pas là le mot pour rire.

Le nom de Baptême de M. l'Archevêque de *Vienne*, frere de M. le Marquis de *Pompignan*, n'eft pas plus heureufement ramené. Avez-vous cru bonnement lui donner du ridicule par la nomination de fes deux noms de Baptême ? Ce ton convient-il à un Théologien ? Vous n'oferiez défavouer que *Jean-George le Franc de Pompignan*, puifque vous ne

C iv

voulez pas qu'on oublie le nom de Baptême de ſes Patrons, vous n'oſeriez déſavouer, dis-je, que ce Prélat, ci-devant Evêque du *Puy*, maintenant Archevêque de *Vienne*, ne faſſe honneur à l'Egliſe de France par ſon ſavoir & par ſa piété. Ses écrits lumineux, & purement écrits contre les incrédules, ont excités les clameurs des Philoſophes de nos jours. Et de-là, que de libelles furieux contre les écrits & la perſonne de l'Auteur! Je n'oppoſerai point à ce torrent le ſuffrage de quelques Prélats d'Angleterre, & de pluſieurs célebres Proteſtans d'Allemagne. Ce ne ſont là que des Théologiens, & quoique vous faſſiez profeſſion de l'être, il ne paroît pas que vous eſtimiez beaucoup le Corps dont vous êtes membre. Je vous dirai ſeulement que le principal Ouvrage de M. l'Archevêque de *Vienne*, a eu des éloges du célebre Citoyen de *Geneve*, ce vrai Philoſophe, que la ſecte philoſophiſte n'aime pas, mais qu'elle craint.

Voilà, Monſieur, ce que j'avois à vous dire touchant deux freres illuſtres, que vos efforts ne priveront pas de l'eſtime publique. Vos critiques littéraires, toujours injuſtes & paſſionnées, ne ſont pas cependant ce qu'il y a de plus repréhenſible dans votre Lettre. Comment juſtifierez-vous cette longue &

fougueuſe déclamation contre la Religion Chrétienne? Croyez-vous que le miniſtere public vous la pardonne? Je n'en ſerai pas le dénonciateur; elle ſe dénonce aſſez d'elle-même. On la vend publiquement chez un Libraire de Paris, au grand ſcandale de tous les gens de biens & au mépris des Loix de l'Etat.

Mais que deviendra la note affreuſe ſur le Parlement? Vous l'avez écrite pendant la diſperſion de ce Tribunal auguſte, que la juſtice & la bonté du Roi ont rendu aux vœux de la Nation, & vous y prétendez qu'on n'a pû qu'applaudir à la deſtruction de ce Corps de fanatiques. Vous placez ſpécia-lement dans ce nombre, & vous nommez en toutes lettres deux des plus reſpectables Magiſtrats de cette Compagnie, M. le Pré-ſident de *Saint-Fargeau*, & M. *Paſquier*, Conſeiller de Grand'Chambre.

Cette note, où tout reſpire la violence & la fureur, finit par un reproche ſingulier que vous faites au Parlement : vous nous appre-nez que peu de tems avant ſa diſgrace, *il avoit reſolu d'aviſer aux moyens de détruire la Philoſophie*; ce ſont les propres termes dont vous vous ſervez. Ah! puiſſe-t-il être juſtifié par l'évenement, ce terrible grief des Philoſophes! Puiſſe un Tribunal, dont la

fonction la plus importante eft d'arrêter &
de punir les abus & les attentats de tous
les genres, venir promptement au fecours
des vérités faintes que vous blafphêmez, des
Loix que vous infultez, des Citoyens que vous
outragez! C'eft le vœu de la plus faine partie du Public.

Je fuis avec les fentimens que vous méritez,

Monfieur,

Votre &c.

ANECDOTE

LITTÉRAIRE ET PHILOSOPHIQUE.

Vous êtes un impertinent, un drôle, un scélérat ; je vous connois : c'est vous qui dans votre derniere rapfodie avez ofé combattre la fainte Philofophie & ridiculifer mes amis les Philofophes. Petit ver de terre, né fur les fumiers infects de la Vifigothie, eft-ce à vous qu'il appartient de raifonner fur les aftres bienfaifans qui nous éclairent, dont les influences falutaires nous ont rendu le Peuple le plus fage comme le plus heureux de l'univers ? Eft-ce à vous, vil roturier, de prononcer fur le mérite du Gentilhomme ordinaire de la Chambre du Roi, Seigneur de deux ou trois villages, & oncle d'un noble Confeiller au grand Confeil ? Eft-ce à vous, petit Abbé fans bénéfice & fans grades, de prendre la défenfe de la Religion contre les coups que lui portent par leurs écrits & par leur conduite, tant de Prêtres licenciés, Docteurs, Abbés commandataires, affez généreux pour préferer la Philofophie à l'erreur, qui les enrichit, la raifon à l'Eglife qui les penfionne ? Eft-ce à vous, vil compilateur, & qui n'avez jamais fû compiler que des fottifes, de porter un jugement fur les Ouvrages de nos Poëtes, de nos Orateurs, de nos Hiftoriens, de nos Métaphyficiens, de tous nos Littérateurs ?

Quoi ! petit Ruftre, qu'on a vu arriver en fabots dans la Capitale, vous avez eu l'audace d'imputer à Monfeigneur *de Ferney*, à cet homme admirable par les grands talens qu'il a reçus de la nature, mais plus encore par le digne ufage qu'il en a toujours fait. Quoi ! vous avez eu l'infolence de lui imputer à la face de toute l'Europe, qui vous a démenti, des travers, des petiteffes, des adulations, des injuftices, des emportemens, des vexations, des licences, des hardieffes, des obfcénités, des menfonges, des calomnies, des groffieretés, des baffeffes, des jaloufies, des lâchetés, des impoftures, des vengeances, des artifices, des noirceurs, des atrocités ! &c. &c. &c.

Il eft vrai que tout hardi calomniateur que vous êtes, vous avez accompagné ces imputations odieufes de quelques éloges ; il eft vrai que vous convenez que M. de *Voltaire* a des talens fupérieurs dans plus d'un genre ; que fes écrits offrent des traits dignes d'admiration, des lumieres capables d'honorer fon fiecle, des fentimens qui ennobliffent l'humanité.; une imagination brillante, une érudition variée, une poëfie riche, une profe attrayante; il eft vrai que fi vous condamnez quelques-uns de fes Ouvrages, vous préfentez les motifs qui vous y déterminent, que fi vous lui reprochez des fautes, des contradictions, des erreurs, des fottifes, la preuve fuit ordinairement le reproche; mais fachez que la preuve n'eft pas moins fauffe que le principe, & que malgré tous vos aveux, tous vos éloges, toutes vos précautions, vous n'en êtes pas moins un fycophante & un poliffon, fans efprit & fans jugement.

Apprenez encore, malheureux que vous êtes, apprenez que le plus grand de vos forfaits n'eft pas d'avoir effayé de ternir la gloire du Héros de la Littérature Françoife, du Patriarche de la Philofophie, d'avoir jetté vos ordures fur la Statue que les hommes les plus raifonnables & les femmes les plus vertueufes de la Capitale lui élevent à grands frais; d'avoir eu la malice ou la fimplicité de le placer après *Corneille* & *Racine*, dans l'art de la Tragédie; après *Moliere* & *Regnard* dans celui de la Comédie; de lui avoir préféré *Quinault* & la *Motte* pour l'Opéra; *Rouffeau* & *Pompignan* pour la

Poëfie lyrique; ce n'eft pas non plus de lui
avoir injuftement reproché des erreurs, des
altérations, des menfonges dans l'Hiftoire,
de l'obfcénité dans fes Romans, du fiel &
de la groffiereté dans fes Satyres, de la mau-
vaife foi dans la difpute, de l'injuftice & de
la jaloufie dans la critique, dans fes fyftê-
mes de l'inconftance, dans fes principes de
la contradiction, dans fes éloges de la flat-
terie, dans fa Morale du Charlatanifme, &c.
Votre crime le plus noir, celui qui vous
couvrira d'une honte éternelle, c'eft, puifqu'il faut vous le dire, d'avoir profcrit de
fes Ouvrages, l'efprit de liberté & d'indé-
pendance qui y regne, & les fait aimer,
les fottifes qu'on y trouve contre les Souverains, les combats qu'on y livre aux préjugés religieux, les raifonnemens par lefquels
l'Auteur Philofophe prouve la fauffeté du
Chriftianifme & de toute Religion. Voilà
ce qui, plus que tout le refte, vous couvre d'ignominie ; voilà ce qui fera paffer
votre nom à la poftérité à côté des fripons
ou des fots qui ont pris contre les Philofophes la défenfe de la Religion. Voilà ce qui
juftifie l'efprit de haine & de vengeance
qu'exercent contre vous les amateurs de la
fageffe & de la vérité. Pour moi, je ne vous
hais point, je me contente de vous méprifer

de toute mon ame ; le mépris en effet eſt l'unique ſentiment qui convienne à un être de votre eſpece.

Ces douces paroles s'adreſſoient, comme on l'a ſans doute déjà compris, à M. l'Abbé *Sabatier* de *Caſtres*, Auteur de pluſieurs Ouvrages utiles, à la tête deſquels le Public a placé, par l'accueil diſtingué qu'il lui a fait, celui qui a pour titre : *Les trois Siecles de la Littérature Françoiſe*. C'eſt ce tableau varié de nos Ecrivains, depuis *François I*, juſqu'en 1774, qui lui a valu le compliment qu'on vient de lire. Le perſonnage qui lui parloit ainſi, étoit un Poëte obſcur, qui avoit eu autrefois la manie de paſſer pour le *Secrétaire d'Apollon*, qui a aujourd'hui celle d'être Philoſophe & d'injurier tout ce qui ne porte pas la livrée de la Philoſophie. Cette ſcene, à laquelle j'aſſiſtai, ſe paſſoit chez un Libraire, à qui l'ancien *Secrétaire d'Apollon* venoit d'offrir un Recueil d'Epigrammes & de Madrigaux dont on ne voulut point, quoique le Poëte n'exigeât aucun ſalaire de ſon travail.

— Qui que vous ſoyez, Monſieur, lui répondit avec modération M. l'Abbé *Sabatier*, pardonnez à mon ignorance la liberté que j'ai priſe de dire mon ſentiment ſur les productions de M. de *Voltaire*. Je croyois qu'il étoit permis à chacun de juger du mérite des livres qu'il a achetés. J'ignorois parfaitement, je vous jure, que la qualité de Gentilhomme ordinaire de la Chambre du Roi, & de Seigneur de Village, mit les Ouvrages, d'un Auteur revêtu de ces titres, à l'abri de la cenfure. J'avois imaginé tout bonnement que je pouvois, fans bleffer aucune loi, rendre compte de l'impreffion qu'ils faifoient fur mon efprit. J'étois fi éloigné de croire offenfer le *Bourgeois Gentilhomme*, dont vous prenez fi éloquemment la défenfe, que, d'après ce que j'ai lû dans une de fes Lettres fur les Tragédies d'*Œdipe*, je croyois me rendre agréable à fes yeux, & acquérir des droits fur fa reconnoiffance. Voici ce qu'il y dit, en propres termes ; car fi j'ai peu d'efprit, j'ai du moins beaucoup de mémoire : *Ceux qui fe donneront la peine de faire la critique de mes Ouvrages me feront toujours beaucoup d'honneur & même de plaifir ; fi je ne puis à préfent profiter de leurs obfervations, elles m'éclaireront du moins pour les premiers Ouvrages que je pourrai compofer, & me feront marcher d'un pas fûr dans cette carriere dangéreufe.* Pardonnez-moi d'avoir pris ces mots à la lettre ; c'eft une fottife, j'en conviens, mais il ne m'arrivera plus d'en faire d'auffi lourdes.

— C'eft

— C'eft la moindre qu'on ait à vous reprocher, reprit le Philofophe ; comment par exemple avez-vous pu blâmer M. de *Voltaire* & les autres Philofophes d'avoir attaqué la Religion, c'eft-à-dire, la plus abfurde & la plus funefte de toutes les erreurs que je connoiffe ? Comment avez-vous pu vous déterminer à leur faire un crime de ce qui leur a mérité, chez tous les efprits raifonnables, le glorieux titre de *Bienfaiteurs du genre humain?* Si, comme je commence à le foupçonner, vous êtes de bonne foi dans les forties multipliées que vous faites contre eux à ce fujet, je vous le dis avec vérité, vous êtes le plus ftupide & le plus inepte des Auteurs de nos jours.

— Monfieur l'efprit fort, je ferai tout ce qu'il vous plaira ; car je vous avoue que fi je n'ai point dit tout ce que je penfois, j'ai du moins penfé, & je penfe encore tout ce que j'ai dit en faveur de la Religion : je la crois utile, néceffaire & divine. Si c'eft là une preuve de ftupidité, *Defcartes, Gaffendi, Mallebranche, Arnaud, Pafcal, Nicole, la Bruyere, Boffuet, Fenelon, Bourdaloue, Maffillon, &c.* étoient donc des imbécilles? Je ne m'en ferois jamais douté ; tant il eft vrai qu'on s'inftruit tous les jours ! Mais pourquoi tous les Philofophes, depuis M. de

Voltaire jufqu'à M. *Suard*, s'efforcent-ils de difculper la Philofophie du reproche d'irréligion? Pourquoi tous ces Meffieurs s'accordent-ils à faire entrer dans la définition & les devoirs du Philofophe, la foumiffion aux loix de la Religion? Pourquoi, écrivant contre nos dogmes & les regardant comme autant d'erreurs nuifibles, fe défendent-ils fi vivement de toute imputation d'impiété? Pourquoi, prêchant fans ceffe la tolérance, la liberté de la preffe, pourfuivent-ils avec tant de violence & d'acharnement ceux qui prennent la défenfe des principes qu'ils attaquent?

L'ancien *Secrétaire d'Apollon*, pour éluder ces queftions, qui devenoient embarraffantes, interrompit l'Auteur des *Trois Siecles* pour lui demander s'il connoiffoit M. *de la Vieville.*

— C'eft pour la premiere fois que je l'entends nommer.

— Il eft pourtant fort connu fur notre Parnaffe; il vient de publier un Poëme intitulé: *la Réconciliation des Auteurs*, où il eft beaucoup queftion de vous. Comme ce Poëte a autant d'efprit que de talent vous devez bien penfer qu'il ne fait point votre éloge. Il dit en propres termes que votre Ouvrage *n'a aucune efpece de mérite*; que c'eft un *Dictionnaire fottifier*, *mal écrit*, & en cela il eft d'accord avec la plus faine partie du Public.

— Mes complimens à M. *de la Vieville*, quand vous le verrez, répondit M. *l'Abbé Sabbatier*, d'un ton toujours calme & benin; je vois à préfent que M. *de la Vieville* eft un homme de mérite, & qu'il eft honteux à moi de ne l'avoir pas plutôt connu. Je conviens avec lui, avec vous, & avec la plus faine partie du Public, dont vous faites partie l'un & l'autre, que l'Ouvrage des *Trois Siecles* n'a aucune *efpece de mérite*, qu'il *eft mal écrit*, puifqu'on n'en a fait que trois éditions de deux mille exemplaires chacune, & que la premiere n'a eſſuyé que onze contrefactions dans la Province. Mais je ne conviens pas auffi facilement que ce foit un livre *fottifier*; s'il méritoit ce nom, l'auroit-on fait lire dans les réfectoires des Penfions & des Colléges? Permettez-moi d'avoir meilleure idée de ceux à qui l'inftruction de notre jeuneffe eft confiée. Je fais bien que plufieurs graves perfonnages ont regardé comme autant de *fottifes* les éloges que je donne aux Ecrivains qui ont refpecté la Religion, les mœurs & les regles invariables du goût. Il n'y a qu'un fot, difent-ils, qui puiffe avancer que *Boffuet* & *Fénelon* étoient de bonne

foi, quand ils employoient les ressources de
leur génie à la défense & à la gloire de la
Religion; qui puisse soutenir que *Pascal*,
Nicole, *Arnaud*, *Abadie*, *Mallebranche*,
la Bruyere, avoient des talens supérieurs à
ceux des incrédules ou des hérétiques dont
ils ont combattu les opinions; qui ose penser
& écrire que l'*Encyclopédie* contient des erreurs, que *Bélisaire* ne vaut pas *Télémaque*;
& qu'enfin *le Systême de la Nature* n'est
pas un bon livre.

Mais, Monsieur, tout graves que sont
ces personnages, vous me permettrez de n'ê-
tre pas de leur avis sur ce point. Quelques
éclairés qu'ils soient d'ailleurs, ils sont fail-
libles, & peuvent confondre, dans la pas-
sion, les termes, & leur attribuer un sens
qu'il n'ont jamais eu. Ouvrez tous les Dic-
tionnaires, consultez tous les Grammairiens,
& vous serez convaincu qu'on ne peut, sans
extravagance, appliquer le nom de *sottisier*
à un Ouvrage de pure critique, où l'on ne
s'est jamais permis la moindre expression capable d'allarmer la pudeur, la décence, l'honnêteté; où l'on s'est interdit tout reproche
insultant, toute épithete injurieuse, toute
personnalité, même à l'égard des Auteurs
les plus méprisables par l'abus ou la médiocrité des talens; où, jusques dans les mou-

vemens les plus vifs du zele, on ne s'est
jamais écarté des regles de la politesse & de
la modération. Cependant certains esprits
n'ont pas laissé de regarder les *Trois Siecles*
comme un libelle qui semble avoir été écrit
sous la dictée des *Euménides*, & à la pâle
lueur de leurs torches infernales. Tel est le
jugement que vos amis les Philosophes ont
porté de cet Ouvrage, dont il me paroît
que vous n'avez pas une meilleure opinion.
Si pourtant vous voulez être de bonne foi,
& vous dépouiller pour un moment de toute
prévention, vous serez forcé de convenir
que je ne suis pas si coupable qu'on voudroit
le faire entendre. Il faut d'abord distinguer
entre un *Critique*, un *Sottisier*, & un *Libelliste*. Le *Critique*, est celui qui, d'après ses
lumieres, prononce sur le mérite d'un Ouvrage ou sur les talens d'un Ecrivain. Le
Sottisier, celui qui dit des choses qui cho-
quent le bons sens, la pudeur ou la politesse.
Le *Libelliste*, celui qui compose des Ouvrages où l'honneur des Citoyens est attaqué par des calomnies ou des vérités diffa-
mantes. Les Littérateurs qui réfléchissent,
font des *critiques*; les gens mal élevés ou
peu instruits, disent des *sottises*; les esprits
pervers font des *libelles*. La *Lettre d'un
Théologien* est un *libelle*; *la Pucelle* & *la*

Guerre de Geneve font à la fois des Poëmes *fottifiers* & des *libelles* atroces ; les *Trois Siecles* font un Ouvrage de *critique*.

— *Alte-là, Monfieur l'Abbé*, s'écria ici le Philofophe, vos diftinctions ne font qu'un verbiage qui ne m'en impofe point. Appellez-le comme il vous plaira, votre livre eft mal écrit, ennuyeux, menteur, calomnieux, déteftable.

— Déteftable tant que vous voudrez, mais ce n'eft point un *libelle* : c'en feroit un digne de votre indignation, & de celle des honnêtes gens, fi à l'exemple de votre Patriarche, M. de *Voltaire*, j'avois attaqué les mœurs de l'Abbé d'*Houtteville*, d'*Abadie*, de *Desfontaines*, de J. B. & de J. J. *Rouffeau*; fi j'avois infulté au mérite & injurié la perfonne de M. le Marquis de *Pompignan*, & de M. l'Archevêque de *Vienne*, fon frere; fi j'avois outragé la mémoire de *Montefquieu*, de *Maupertuis*, de *Crébillon*, &c.; fi je m'étois permis à l'égard de MM. *Fréron*, *Nonnotte*, *Clément*, *Guyon*, *Gauchat*, *Larcher*, &c. la plus petite des épithetes injurieufes que M. de *Voltaire* leur prodigue; fi . . . . mais je m'apperçois que ce difcours vous irrite, je vous en demande fincerement pardon, car mon intention n'eft point d'exciter votre colere.

— Tu n'excites en effet que ma pitié, monftre abominable que tu es.

A ces mots, que le Difciple de la douce Philofophie accompagna d'un mouvement impétueux, qui me fit craindre qu'il ne porta fa *pitié* un peu loin, M. l'Abbé *Sabatier*, fans s'émouvoir, lui tira fa révérence, & s'étant tourné enfuite du côté du Libraire & de moi, il prit congé de nous en fouriant.

Il fut à peine forti, que l'*ancien Secrétaire d'Apollon* renouvella fes inftances auprès du Libraire pour l'engager à fe charger de fes vers; il les loua beaucoup, felon la louable coutume des Poëtes, mais le Libraire fut inexorable. L'Auteur croyant le fléchir, lui promit d'y ajoûter une Satyre contre l'Abbé *Sabatier* & fes conforts; tout fut inutile. Vous n'êtes donc pas Philofophe, lui dit le Poëte, un peu humilié de la conftance de ce refus? Non, Monfieur, & tant qu'on fera confifter la Philofophie à n'avoir point de Religion, à déclamer contre toute efpece d'autorité, & à dire des injures à ceux qui défendent la Religion & l'autorité, je vous avoue que bien loin de le devenir, j'éviterai avec foin tous ceux qui le feront. Tant pis pour vous, ajoûta le Poëte; car il n'y a que les Philofophes qui ayent de l'efprit, de l'indulgence, de l'honnêteté, tous les autres méritent de manger du foin, & je vous en souhaite un plein magasin pour vous & vos amis. *Sur ce*, je vous salue & me retire.

Quand le digne Eleve de la Philosophie fut sorti, n'admirez-vous pas ce personnage? me dit le Libraire, savez-vous pourquoi il a dit tant d'injures à l'Abbé *Sabatier*? C'est parce que l'Abbé *Sabatier* a parlé de lui dans les *Trois Siecles*, & qu'il y rend justice à ses plates productions. Je m'en étois douté, répondis-je; mais j'ai peine à revenir de ma surprise. Avec quelle modération M. l'Abbé *Sabatier* a répondu aux insolences de cet homme! J'avoue qu'il en coûte peu d'être modéré quand on défend une aussi bonne cause; mais encore en voyant sa jeunesse & sa vivacité, je ne l'aurois pas cru capable de tant de patience & de sagesse. Croiriez-vous que pendant cet entretien singulier, j'ai été sur le point de faire éclater mon dépit contre ce polisson? mais le sang froid de son adversaire m'a retenu. Les libelles de *Voltaire* & des autres Philosophes l'ont sans doute aguerri à ces sortes d'assauts. En effet, les injures grossieres qu'il vient d'entendre, n'étoient pas nouvelles pour lui; elles n'ont été qu'une répétition de celles qu'on lui a prodi-

guées dans *les Oreilles des Bandits de Co-*
rinthe, dans *la Lettre d'un Pere à fon fils*,
dans celle *à un des quarante*, dans celle
d'un Théologien, dans le dix-huitieme Chant
de la *Pucelle*, dans l'article treizieme des
Fragmens fur l'Hiftoire, & dans vingt autres libelles qu'à vomi la Philofophie. Ce qui
m'étonne, & qui doit étonner tout efprit ac-
coutumé à réfléchir, c'eft que la Nation
Françoife, qu'on rend la confidente ou le
témoin de ces atrocités, puiffe conferver encore quelque eftime pour ces Philofophes,
qui la déshonoreroient aux yeux des autres
Nations, fi elle pouvoit l'être par le délire
de quelques-uns de fes Ecrivains.

FIN.

E R R A T A.

PAge 10 , ligne 13 , les coups ; *lifez* fes
coups.
A la même page , ligne 16 , *le mot qui eft*
de trop.